EL BARCO
DE VAPOR

Los escribidores de cartas

Beatriz Osés

PREMIO EL BARCO DE VAPOR 2019

Ilustraciones de Kike Ibáñez

sm

fundación sm

**La Fundación SM destina los beneficios
de las empresas SM a programas culturales
y educativos, con especial atención a los
colectivos más desfavorecidos.**

Si quieres saber más sobre los programas
de la Fundación SM, entra en
www.fundacion-sm.org

LITERATURA**SM**•COM

Primera edición: mayo de 2019

Gerencia editorial: Gabriel Brandariz
Coordinación editorial: Patrycja Jurkowska
Coordinación gráfica: Lara Peces

© del texto: Beatriz Osés García, 2019
© de las ilustraciones: Kike Ibáñez, 2019
© Ediciones SM, 2019
    Impresores, 2
    Parque Empresarial Prado del Espino
    28660 Boadilla del Monte (Madrid)
    www.grupo-sm.com

ATENCIÓN AL CLIENTE
Tel.: 902 121 323 / 912 080 403
e-mail: clientes@grupo-sm.com

ISBN: 978-84-9182-672-9
Depósito legal: M-11270-2019
Impreso en la UE / *Printed in EU*

A mi amiga Luisa,
cumpliendo una promesa.

1

EL BUZÓN

EL CARTERO abrió la portezuela metálica del único buzón de Correos que había en el pueblo un martes por la mañana.

–¿Lo ves? –preguntó a su nieta.

Ella hizo una mueca de fastidio.

–¡Este es el hogar de las arañas! –suspiró el hombre apartando las telas grises que cubrían parte del interior del buzón.

–No hay ni una –reflexionó la niña en voz alta.

–¡Ni una sola! Y llevo así más de tres semanas –protestó agobiado mientras se ajustaba su gorra azul marino.

Estaban solos en la plaza y el cielo amenazaba tormenta.

–No te preocupes, abuelo. Será una mala racha… –intentó consolarlo–. ¡Quizá el próximo día tengamos más suerte!

–No creo en la suerte, Iria. No se trata de una racha –le aclaró muy serio–. Lo que ocurre es que la gente ya no escribe cartas.

La niña lo miró preocupada.

–¿Y si yo las escribiera para ti?

Él sonrió con ternura.

–¡Ni siquiera tú podrías salvarme, chiquita!

–¿Salvarte? –preguntó extrañada.

–Esto no tiene solución –afirmó con los ojos fijos en ella–. El pueblo ya no necesita un cartero.

–Pero ¿qué estás diciendo, abuelo?

–Voy a perder mi trabajo si todo sigue igual. Las cartas se mueren... Se mueren –repitió para sí mismo–. Si en quince días no se produce algún cambio, el alcalde se encargará de que me despidan.

En ese preciso instante empezaron a estallar las gotas sobre el empedrado de la plaza.

El abuelo y su nieta se refugiaron en los soportales y se quedaron en silencio.

2

EL ULTIMÁTUM

TODO HABÍA COMENZADO la mañana anterior, cuando el alcalde se presentó por sorpresa en la pequeña oficina de Correos.

–Buenos días, don Isidoro –lo saludó el cartero esforzándose por sonreír.

–Buenos días –le correspondió él tamborileando sobre el mostrador de madera que los separaba.

Ambos guardaron unos segundos de tenso silencio. El cartero sintió unas gotas de sudor resbalando por su cuello. ¿Qué querría aquel hombre? Era la primera vez que acudía a la oficina desde... Desde lo que pasó en el río.

–¿Qué tal? ¿Mucho trabajo? –preguntó con ironía el recién llegado.

–Menos del que me agradaría...

–¿Sabes cuántas cartas se han enviado este mes?

–Sí, señor. Espere un momento y lo consulto en el libro de registro.

–No hace falta –se adelantó el alcalde, petu-
lante–. Calculo que no habrán sido más de cinco.
¿Me equivoco?

Tenía razón. En el libro de registro figuraban
cuatro cartas.

–Está en lo cierto, señor. Han sido cuatro –puntualizó el abuelo de Iria.

–¿Y sabes lo que implica eso para Correos?

–No, señor.

–Yo te lo explicaré –añadió con arrogancia–.
Significa un gasto inútil. Nadie cobra un suel-
do por entregar cuatro cartas al mes. ¿Me com-
prendes?

–Sí, señor.

–Voy a ser generoso contigo, aunque no lo me-
rezcas. Sé que tienes una nieta a tu cargo, así que
te doy quince días para que esto cambie de forma
radical.

El alcalde se rascó la perilla. Parecía saborear
ya su victoria.

3
LA CULEBRA

«El río es una culebra», solía decirse el alcalde
cuando se quedaba a solas en casa.
«Una culebra venenosa». Y luego
bebía un trago de licor que le sabía
tan amargo
como aquella tarde de verano.
Habían pasado treinta años.
Y nadie hablaba de aquello.
Porque la muerte era tan silenciosa e inesperada
como las culebras.

4
UN ASUNTO URGENTE

EL MISMO MARTES por la mañana, agobiada por la noticia que le había dado su abuelo, la niña envió un wasap a un par de amigos.

IRIA
¿Nos vemos esta tarde en la plaza?
Asunto urgente.

AITOR
¿A qué hora?

IRIA
A las cinco.

JORDI
No sé si podré ir.
Tengo que limpiar.

IRIA
¡Es muy importante!

AITOR
Ok.

JORDI
Lo intentaré.
No prometo nada.

IRIA
¡Muchas gracias, chicos!

5

UN GRAVE PROBLEMA

Iria estaba sentada en la escalera de piedra que rodeaba la fuente de la plaza cuando apareció su primer amigo.

Era un chico desgarbado y pecoso, con gafas y aparato en los dientes. Y hablaba como si tuviera un chicle pegado en el paladar.

–¿Qué ocurre? –preguntó Aitor–. Parecías muy preocupada.

–¡Y tanto!

–¿Es muy grave?

Ella asintió con un gesto.

–Pero ¿tiene solución? –insistió él.

–Por eso os he llamado. Me he pasado varias horas en blanco intentando pensar en alguna idea, pero nada. Necesito vuestra ayuda. ¿Crees que Jordi va a venir, o se quedará limpiando el polvo de su dormitorio?

–Sinceramente, pienso que ya estará en pleno zafarrancho de combate –contestó Aitor–. No soporta los ácaros. Me comentó que es alérgico. Así que será mejor que no contemos con él.

Se equivocaba. A los quince minutos, Jordi llegó con un plumero bajo el brazo.

–¿Te traes el plumero a nuestra reunión? –preguntó Iria, alucinada–. ¿No te parece que estás exagerando un poco?

–¿Y qué esperabas? Tengo TOC –les dijo barriendo con esmero el escalón de piedra en el que iba a sentarse.

–¿Qué es eso?

–Trastorno obsesivo compulsivo –aclaró el de los ácaros.

–¿Y eso qué significa?

–Pues que tengo mis manías, como la de la limpieza, y me obsesiono con ellas. Pero, bueno, he venido por tu mensaje, Iria. ¿Qué te pasa? –preguntó intrigado.

–Mi abuelo está a punto de perder su trabajo.

–¡No fastidies! –saltó Jordi–. ¡No tenía ni idea!

–¡Yo tampoco! –añadió Aitor–. ¿La ha liado?

–No.

–¿Entonces? –preguntaron los chicos a coro.

–Pues que ya no hay cartas. Y si la situación no cambia, lo van a echar –se lamentó la niña–. Le han dado un plazo de quince días para solucionarlo. Pero el buzón del pueblo está siempre vacío.

No mencionó lo de las telarañas porque sabía que Jordi intentaría meter el plumero por la rendija y no serviría de nada.

6
GAFADOS

EL DE LOS ÁCAROS carraspeó y rompió el silencio que se había creado.

–Si no hay cartas, no hay cartero.

–Gracias, Sherlock –ironizó Iria.

–Oye, no te pongas borde. Solo intento ayudar.

–Pues como sigas en esa línea... ¡no sé yo! –protestó ella.

–¡Calla, que estoy pensando! –exclamó, y comenzó a retorcerse el flequillo de un lado a otro.

–Necesitamos cartas –resumió Aitor–. Yo creo que hasta ahí llegamos los tres. Pero quince días es muy poco tiempo.

Necesitaban un milagro.

–Yo puedo ponerme en contacto con algunos amigos de mi ciudad –comentó Jordi–. Son del grupo de terapia.

–¿También tienen TOC? –se interesó Iria.

–Pues sí, ¿pasa algo? –saltó mosqueado sin dejar de retorcerse el mechón de pelo.

–No, no.

–Todos tienen algún TOC, pero saben escribir –se defendió Jordi–. Podría pedirles que me enviaran cartas o postales.

–¿Y cuántos amigos hay en tu grupo? –preguntó Aitor.

–Cuatro.

–Bueno, algo es algo.

–Yo le he escrito una carta a mi abuelo. Quiero darle ánimos. Le he dicho que hemos preparado un plan.

–¿Qué plan? –preguntaron al unísono.

–Por ahora, ninguno. Y no voy a mentirle. Tenemos cinco posibles cartas. Y no nos vamos a ir hasta que se nos ocurra algo –les advirtió la niña, muy seria.

Jordi se removió intranquilo.

–Yo escribiré a TODA mi familia –anunció Aitor.

–Eres hijo único –le recordó ella–. Y tus abuelos ya murieron.

–Bueno, pues a mis amigos –se defendió él.

–Yo soy tu única amiga por aquí.

–¡Y yo! –rezongó el tercero en discordia–. ¡Que solo vengo de vacaciones, pero tengo sentimientos!

–Que sí, hombre. ¡Tú también eres mi amigo! –le aseguró Aitor.

–Con eso no bastará –se lamentó Iria–. A lo sumo conseguiremos diez o quince cartas, y eso contando con que nos escribamos entre nosotros. ¡Y mi abuelo necesita tropecientas para conservar su trabajo!

–¡Shhh! ¡Calla! –la interrumpió Jordi.

–¿Qué sucede?

–¡No os giréis! –prosiguió él–. ¡No hagáis ni un solo movimiento! ¡Podríais asustarlo!

–¿A quién? –murmuró la niña.

–Hay un chico delante del buzón. Y lleva una carta en las manos...

–¿Edad?

–Unos veintitrés años.

–¿Color de pelo?

–Castaño natural. No presenta indicios de tinte.

–¿Altura?

–Yo diría que un metro y ochenta y cuatro centímetros.

–¿Nariz?

–Prominente. ¡Shhh! ¡Quietos! Va a echar la carta...

Con el corazón en un puño, Aitor se atrevió a preguntar:

–¿Ya? ¿La ha echado?

–No... ¡No sé qué narices le ocurre! Parece como si la tuviera pegada con pegamento. ¡No la suelta!

Jordi apretó los labios.

–¿Algo va mal? –se interesó Iria.

–Está dudando... ¡Ostras!

–¿Qué? –preguntaron a la vez.

–Que se larga.

–¡No puede ser! –se lamentó ella.

–¡Como te lo cuento!

–Pero ¿por qué? –saltó Aitor.

–Ni idea. Quizá –Jordi lanzó su hipótesis– le ha dado un ataque de pánico y se ha arrepentido en el último momento.

–¡Lo que nos faltaba! –se quejó Iria.

–¡Esperad! –les ordenó su amigo–. ¡Se ha vuelto a detener!

–Tal vez regrese al buzón... –dijo la niña, esperanzada.

–No, acaba de tirar la carta a la papelera.

Sin duda, estaban gafados.

7

ESPÍAS

LOS TRES ESPÍAS tuvieron que esperar hasta que el joven se alejó de la plaza con aire marchito.

Fue Iria quien se aproximó a la papelera con la excusa de tirar el envoltorio de un chicle. A Jordi le podía dar un infarto si tenía que rebuscar en la basura, y Aitor no comía chucherías por la ortodoncia. La niña miró a su alrededor. Nadie la vigilaba salvo sus compañeros. Se asomó al cubo y vio el sobre arrugado. Sin dudarlo, metió la mano en el interior y salió corriendo en dirección a la fuente.

¡La tenía! ¡Había atrapado una carta!

–¿La has pillado?

Iria cabeceó en señal afirmativa. Llegaba con la respiración entrecortada y el corazón retumbando en el pecho.

–¡Vámonos a otra parte!

Sí, necesitaban un lugar más discreto, un sitio alejado de los cotillas de la plaza. Decidieron bajar al río y adentrarse entre los helechos y las hayas. Buscaron un pequeño claro con varias rocas y se sentaron sobre ellas.

–Bueno, vamos a ver... –empezó la nieta del cartero, y sacó el sobre.

La destinataria se llamaba Lucrecia y vivía en un pueblo cercano. El remitente era Tomás, el hijo del carnicero.

–¿Y cuál es el plan? –preguntó Jordi.

–¿Enviamos la carta? –propuso Aitor.

Se quedaron callados.

–No sé... –respondió Iria pensativa–. Si el chico tenía tantas dudas, no deberíamos hacerlo.

–Yo la abriría y punto –concluyó Aitor.

Sus amigos lo observaron patidifusos. ¿Abrir una carta?

–¡Eso es un delito! –puntualizó Jordi.

–¿En serio?

–¡Yo nunca he abierto ninguna en mi vida! –se excusó la niña.

–¡Entonces lo haré yo! –zanjó Aitor, y le arrebató el sobre con un rápido gesto.

La hoja arrugada contenía pocas líneas y el chico las leyó mentalmente en un santiamén.

–¿Qué dice? –le abordaron los otros dos tratando, en vano, de quitarle el papel.

–Madre mía... ¡No me extraña que se arrepintiera! –se burló–. ¡Esto es un tostón!

–Pero ¿qué pone? –preguntó Jordi retorciéndose el mechón de pelo.

Iria se cruzó de brazos.

–¡Eso, léela en voz alta, porfa!

8
DELITOS Y PLANES

Adorada Lucrecia:

Eres tan tierna como un buen solomillo,
tan hermosa como los pastos de mis vacas.
Tu sonrisa me alimenta.
Espero verte en las fiestas.

Todo tuyo, Tomás.

Pasmados. Así se quedaron los tres.

—Dios mío, ¡es un horror! —exclamó Iria.

—Bueno, utiliza comparaciones y una metáfora... —opinó Jordi sin mucho convencimiento—. Y le sale una rima en los dos últimos versos.

—¡No te pongas de su parte! —replicó indignada—. A mí me escriben ese poema... ¡y me da un patatús!

—Tampoco le vas a pedir que sea Bécquer —lo defendió el del plumero.

—¡No se lo ha currado nada! –insistió la niña.

—¿Y tú qué sabes? ¿Y si el pobre chico se ha pasado varias tardes dándole vueltas a la cabeza?

—Pues si esto es el resultado de varias tardes de trabajo... –volvió ella a la carga.

—Venga, centrémonos –intervino Aitor–. Vale, el poema es un poco cataplasma –reconoció.

—¿Un poco? –repuso su amiga, irónica.

—Pero es un inicio –aseguró Jordi.

La nieta del cartero abrió los ojos como platos.

—¿Un inicio de qué?

—Del plan –añadió él, y la apuntó con el plumero.

—¿A qué te refieres? –preguntó Iria desconcertada.

No entendía ni un pimiento.

—Tú vas a escribir ese poema –sentenció Jordi.

—¿Yo?

—Sí, tú –dijo, y la señaló otra vez con el plumero.

—Pero...

¡Era el colmo! El de los ácaros se apartó el pelo de la cara y resopló.

—¿No te ves capaz de mejorarlo? –la retó Aitor.

—Pero ¿estáis locos? ¿Queréis que me haga pasar por el hijo del carnicero? –preguntó escandalizada–. ¡Eso es suplantación de personalidad!

—De identidad. Y sí, es otro delito —anunció Jordi sin inmutarse—. Pero ¿tú no querías un plan? Pues aquí lo tienes: mejora ese poema y envíalo. Así no engañarás a tu abuelo. Yo, por mi parte, moveré los hilos y hablaré con mis amigos del grupo de terapia.

—Y yo me comprometo a preparar tres cartas esta tarde y mandarlas antes de la cena. Aunque sea, me escribo a mí mismo —añadió Aitor.

Abandonaron el río y volvieron al pueblo. Ya en la plaza, Iria abrió la rendija del buzón y dejó caer la carta para su abuelo.

«Es un inicio», pensó para darse ánimos.

9
EL RÍO

Algunas tardes, el alcalde también se acercaba
al río.
Siempre iba solo
y cabizbajo.
Se detenía en la misma orilla
y se quedaba allí
parado,
hipnotizado por la culebra venenosa.
Esas tardes, no saludaba a nadie.
Y los vecinos respetaban
su
silencio.

10
LAS PRIMERAS CARTAS

AL DÍA SIGUIENTE, miércoles, cuando el cartero abrió el buzón, descubrió maravillado los nueve sobres. Y en uno de ellos venía su nombre.

Antes de empezar con el reparto, Federico corrió a refugiarse en la oficina. Hacía muchos años que nadie le escribía. Ilusionado, leyó su carta. Lo hizo a escondidas, en un rincón de la diminuta sede de Correos:

Querido abuelo:

Sé que nos vemos todos los días,
que me despiertas para ir al colegio,
que desayunamos juntos...
Y, sin embargo, no sabía qué decirte
la otra tarde cuando estábamos
en los soportales de la plaza.

¿Recuerdas? Cuando comenzó a llover
y tú ya me habías contado
lo de las cartas.

Por eso, aunque pienses
que estas líneas no sirven de nada,
quiero que sepas que para mí
son muy importantes.

Porque así puedo darte las gracias
por acogerme en tu casa
y decirte que tus pies huelen a queso.

No te preocupes, tenemos un plan.
Las cartas volverán en menos
de quince días.

Iria

P. D. Ah, por cierto:
¡yo tampoco creo en la suerte!

11

Tres admiradoras para Aitor

A LA HORA DE COMER, el cartero sentía una mezcla de alegría y nerviosismo en el estómago. Su nieta lo espiaba de reojo mientras comía macarrones con tomate.

–Hoy me he encontrado con nueve cartas en el buzón –dejó caer como si nada.

–¡Anda! –exclamó ella después de limpiarse con la servilleta.

–¡Nueve! –repitió él clavándole la mirada.

–¡Eso está muy bien, abuelo! –trató de disimular la niña.

–Tres eran para tu amigo Aitor –le informó–. Le han escrito tres chicas diferentes.

–Qué raro...

–¡Eso pensé yo! Porque las tres tenían un nombre que empezaba por la letra eme y ninguna ponía su dirección en el remite.

Iria puso cara de póker.

–Me encantó la tuya, por cierto –prosiguió el hombre sacando un sobre del bolsillo de su camisa–. Sobre todo, me intriga esta frase: «Las cartas volverán en menos de quince días». ¿Cuál es el plan?

–Es secreto.

Y de pacotilla. Era un plan de pacotilla.

–Ya... ¿Y tienes cómplices?

–Algunos.

Un par de gambas, en realidad.

–¿Todo legal?

–Sí –mintió ella.

–Iria, prométeme que no os vais a meter en ningún lío.

–Te lo prometo, abuelo.

Pinocho, a su lado, era un aficionado.

–De todas formas, aunque os agradezco mucho el esfuerzo y el entusiasmo –reconoció el hombre acariciándose el bigote–, nueve cartas, si bien son un milagro en estos tiempos, no me van a salvar del despido.

–Lo sé.

–Entonces –añadió él cambiando de tema–, ¿mis pies huelen a queso?

La niña hizo una señal afirmativa y no pudo reprimir varias carcajadas.

–¿A qué tipo de queso?

–Yo diría que Roquefort.

–Bueno. En ese caso, me compraré un deso-
dorante.

–Estaría genial.

• 12
LOS AMIGOS DE JORDI

JORDI
Chicos, os he enviado una carta
a cada uno. Creo que os llegarán
pasado mañana, el viernes.
Necesito que me escribáis al pueblo
donde paso las vacaciones, porfa.
Es para ayudar a una amiga.
En los sobres veréis mi dirección.

MARC
¿Escribir una carta?
¡Yo no tengo ni idea!
Solo dibujo mandalas.

JORDI
Me bastan dos líneas,
el sobre y un sello.
¡Es muy urgente!

CARLES
Yo necesito saber por qué.
Dame una buena razón.

JORDI

El abuelo de mi amiga
es cartero y perderá el trabajo
si no llegan más cartas
en los próximos quince días.
Es una emergencia.

CARLES
Cuenta conmigo.

MARC
Es que yo en vacaciones
solo dibujo mandalas.

JORDI
Entonces, envíame
un mandala.

MARC
¿De flores o peces?

JORDI
De lo que tú quieras.

MARC
¡Sabes lo mucho
que me cuesta decidir!

JORDI
Sí, perdona.
Elijo peces.

MARC
Ok.

MIQUEL
Yo prefiero una postal.
Tengo un montón.

JORDI
Pues una postal.

MIQUEL
Vale. Lo único que son
de mi colección de postales.

JORDI
¿Y?

MIQUEL
Pues que me tendrás que
enviar la postal de vuelta
para que no la pierda.

JORDI
No hay problema.

MIQUEL
¡Y no se te ocurra
escribir nada en ella!
Yo te la mandaré en blanco
y dentro de un sobre
para que nadie la vea.

JORDI
No te preocupes.
Volverá intacta.
Muchas gracias.

PEP
¿Vale una felicitación
navideña?

JORDI
Vale.

13
LUCRECIA

FUE EL HERMANO DE LUCRECIA quien le entregó la carta aquel jueves de principios de agosto. Tuvo mucha suerte de que su madre no la hubiera descubierto en el buzón porque, de ser así, habrían llovido las preguntas inquisitorias.

La joven leyó su nombre en el sobre, a escondidas, en su cuarto. Y sonrió emocionada. Nunca había recibido una carta. Miró el remitente. ¿Tomás Bitarte? ¿De Noaberri? Frunció el ceño. ¿De quién se trataba?

Para Lucrecia:

No pienso en nada más allá de tus ojos.
Más allá de tu sonrisa.
Me apetecería verte en las fiestas,
bailar contigo sobre las margaritas.

Tomás

Pero ¿quién demonios era aquel tipo? ¿Cómo se le ocurría escribirle semejantes tonterías?

Odiaba sus gafas de culo de vaso y estaba atada a una silla de ruedas desde el accidente de coche. Enrabietada, tomó un bolígrafo y un papel y se dispuso a contestar. Esa misma tarde, le encargó a su hermano que comprara un sello y echara la carta al buzón.

–¡No le digas nada a nadie! ¡Y menos a mamá!

Su hermano sonrió cómplice.
–Seré una tumba –le aseguró.

Para Tomás:

No sé quién eres.
Tampoco tengo claro lo de ir a las fiestas
de tu pueblo. Como te puedes imaginar,
no me veo bailando en mi silla de ruedas.
Y, para tu información, no me hace gracia
que hables de mis ojos. Soy miope
y odio mis gafas. Resultan horrendas.

Lucrecia

14

UNA RESPUESTA INESPERADA

LA MAÑANA DEL VIERNES, en el buzón había cuatro cartas. El abuelo y su nieta las observaron con atención. Una era para Iria, y las otras tres, para Aitor.

–Vaya, ¡menuda suerte tiene tu amigo!

El cartero leyó en voz alta el remite de cada sobre.

–Valentina, Valeria y Violeta... ¡Tres admiradoras! Pero, bueno, tu amigo es un auténtico donjuán... ¡No tenía ni idea!

–Yo tampoco.

Y además se había tomado la molestia de inventarse tres caligrafías diferentes para disimular. ¡Qué cara! Iria frunció el ceño. ¿No se suponía que iba a escribirse a sí mismo o a sus padres?

–Y fíjate qué casualidad –continuaba el hombre, a lo suyo–: ¡las tres con la letra uve!

Más tarde, en la oficina de Correos apareció un sobre alargado que traía como remitente a Lucrecia.

–Vaya, ¡una carta de una chica para el hijo del carnicero! –exclamó Federico maravillado–. Creo que es la primera vez en su vida que recibe una.

–¡Y otra para mí! –dijo la niña.

–¿Quién te ha escrito?

–¡No lo sé! –se hizo la misteriosa–. Es anónima.

La abrió a toda prisa rasgando el papel y leyó en voz baja:

Querida Iria:

Me gusta mucho vivir contigo, aunque ronques.

Federico

–¡No es verdad! –gritó Iria escandalizada–. ¡Yo no ronco!

–¡Ja, ja, ja! Te oigo desde el final del pasillo.

–Bueno, ¡vamos a repartir las cartas! –zanjó ella el asunto con las mejillas encendidas–. Te propongo una idea: tú te encargas de las de Aitor y yo de la otra –añadió y, sin esperar su respuesta, le quitó uno de los sobres de la mano.

–¿Cómo? –El cartero se quedó boquiabierto–. ¿No preferirías ir a ver a tu amigo?

–No, no. No te preocupes –comenzó a decir mientras se alejaba–. La casa del carnicero está más apartada. Así te ahorro el paseo, abuelo.

–Gracias –le contestó este rascándose la nuca.

Apenas había dado la vuelta a la esquina, Iria buscó un refugio donde esconderse en el viejo portal de una vivienda abandonada. A salvo de cualquier mirada indiscreta, abrió el sobre con mucha delicadeza. Afortunadamente, no llegó a romperse porque el pegamento no había hecho suficiente contacto. La niña sonrió satisfecha. Hasta que se lanzó a leer las líneas de Lucrecia.

–¡Madre mía! ¡Qué metedura de pata!

Sí, se había lucido. Para empezar, Lucrecia ni siquiera conocía a Tomás.

Para continuar, uno de los halagos del poema le había sentado como un tiro. Y la sugerencia de bailar con ella en las fiestas tampoco había resultado ser muy afortunada. ¿Cómo iba a arreglar semejante pastel?

Iria guardó la carta. Estaba claro que aquel mensaje no debía llegar a su destinatario.

Decidió regresar a casa en busca de un bolígrafo y un papel. Después, mordisqueó el boli varias veces con aire reflexivo.

Para Tomás:

No sé quién eres.
Me encantaría ir a las fiestas de tu pueblo,
pero no me imagino cómo podría bailar
con mi silla de ruedas. ¿Tienes alguna idea?

Lucrecia

Iria metió la nueva misiva en el sobre y pegó los bordes con cola. Perfecto.

Luego salió a la calle y buscó la dirección del carnicero. El corazón le latía muy rápido. Cuando llegó a su destino, cruzó los dedos y echó la carta sin que nadie la viera.

Al volver a la plaza, sin embargo, se cruzó con el alcalde, que la miró con seriedad.

–¿Qué tal le va a tu abuelo?

–Bien –fingió ella–. ¿Y a usted?

Don Isidoro se quedó callado. No esperaba esa pregunta y tampoco sabía qué contestar. Se despidió con un gesto y siguió caminando.

15
EL ALCALDE Y LOS NIÑOS

Los niños pensaban que el alcalde
los odiaba,
pues solía alejarse de ellos.
Sin embargo, solo les tenía
miedo.
En realidad, le daba verdadero
pánico
encariñarse con alguno
y que sucediera una desgracia.
Porque los niños no sabían lo que pasó
en el río.
Y nadie pensaba contárselo.

16

TOMÁS

EL VIERNES POR LA MAÑANA, al hijo del carnicero le temblaron las manos al recibir la carta de Lucrecia. No entendía qué había ocurrido, qué tipo de milagro había hecho posible que los versos que escribió y que tiró a la papelera hubiesen llegado al buzón, tal y como él tenía pensado antes de que le entrase el canguelo.

Leyó varias veces las líneas de Lucrecia. «No sé quién eres», decía la primera frase. Un pequeño detalle en el que no había caído. Tomás nunca se había atrevido a hablarle. Solo habían intercambiado un par de miradas fugaces, y el joven había dado por sentado que ella se había fijado en él. ¡Era un bobo! Un ingenuo... Sin embargo, las palabras plasmadas en aquel papel le daban una ligera esperanza. Y la pregunta final le ofrecía la oportunidad de volver a escribir.

Por la tarde, el muchacho salió a la calle en cuanto abrió el estanco y compró las cuartillas más hermosas de la tienda. No sabía que un batallón de vigilancia seguía sus pasos de forma discreta desde uno de los soportales de la plaza.

–¿Lo veis? –se mofó Iria, orgullosa–. Acerté: os dije que vendría en cuanto abrieran.

–Está eufórico –afirmó Jordi.

–¿Tú crees? –preguntó Aitor.

–¡Hombre, venía dando saltos calle abajo!

–Yo pienso que está desesperado porque no se come un colín –aseguró Aitor ajustándose las gafas.

–Mira quién fue a hablar, ¡el del club de admiradoras! –espetó la niña.

–¿De qué hablas? –preguntó el de los ácaros, intrigado.

–¡Eso ahora da lo mismo! –le cortó su amiga, enfadada–. ¡Lo que nos interesa es interceptar su respuesta antes de que la envíe!

–¡¡¡Eso es imposible!!! –clamaron los dos.

–De imposible, nada. Le he quitado la llave del buzón a mi abuelo. No la echará en falta hasta mañana. Y estoy segura de que Tomás escribirá a Lucrecia esta misma tarde.

–Eso es otro delito… –sentenció Jordi.

–Es una situación desesperada –contraatacó ella.

17
DELINCUENTES

TOMÁS SE TOMÓ SU TIEMPO para redactar la carta, pero, tal y como había vaticinado Iria, la envió esa misma tarde.

Desde la fuente de la plaza, los tres delincuentes aguardaban aquel momento. Habían aprovechado el rato para escribirse tres cartas entre ellos y utilizarlas como excusa para acercarse al buzón sin levantar sospechas.

–¿La tienes? –murmuró Jordi, que se había encargado de meter, uno a uno, los sobres por la rendija.

–¡La tengo! –respondió Iria, protegida por Aitor.

Después, salieron de la plaza a toda pastilla y entraron en una calle angosta.

–Como nos pillen... –repetía el de los ácaros.

–¡Cállate, por favor!

–¡Es que ya son muchos delitos en cuatro días! ¡Muchos delitos! ¡Delitos, delitos!

–Te recuerdo que fuiste tú quien me animó con el plan –le recriminó la niña bajando la voz.

En el trayecto se cruzaron con un anciano de boina negra y rostro alargado que los miró suspicaz. Aitor le pegó un codazo a Jordi. Este se calló inmediatamente y empezó a sacudir el plumero de forma frenética.

–Buenas tardes –saludaron a coro con una sonrisa forzada.

El vecino dio un respingo y soltó un gruñido incomprensible. Lo que en el pueblo equivalía a «buenos días», «buenas tardes», «buenas noches», «¿qué tal le va?», «aquí andamos», «parece que va a llover», «¿cómo ha ido la cosecha este año?»... Y, en ese caso, a «¿qué demonios estáis tramando?».

Los delincuentes aceleraron el paso para alejarse de la figura del señor encorvado, que los siguió con sus ojos saltones hasta el final de la calle. Después echaron a correr en dirección a un pequeño puente de piedra que se alzaba sobre el río.

–¡Ese tipo se huele algo! –vaticinó Jordi visiblemente nervioso–. Y la estanquera nos ha vendido las mismas cuartillas que al hijo del carnicero. ¡Puede atar cabos!

–¡Para ya con ese plumero, chico! –le ordenó Iria–. ¡Así se va a enterar todo el pueblo!

–Debemos aparentar normalidad y calma. Sobre todo, calma –terció Aitor–. Nadie nos va a pillar. Solo hemos comprado papel para escribir cartas.

–¿Y eso no os parece raro? –replicó su amigo.

Los otros dos se encogieron de hombros. Algo de razón sí que llevaba.

–Bueno, ¿cómo abrimos el sobre? –preguntó el de los ácaros mientras se retorcía un mechón de pelo.

–He traído un abrecartas y pegamento –anunció Iria.

–Sería mejor con vapor de agua –sugirió Jordi.

–¿Tienes un cazo? ¿Sabes hacer fuego?

–No.

–Entonces, usaremos el abrecartas.

Con delicadeza, Iria separó el adhesivo del sobre y extrajo la hoja de su interior.

–¡Vaya! ¡Te estás convirtiendo en una profesional! –exclamó Aitor, admirado.

–¡Y en una delincuente! –apostilló Jordi.

–¡En UNOS delincuentes! –puntualizó la niña antes de desdoblar la cuartilla–. ¿Leo?

Sus amigos afirmaron con la cabeza.

Para Lucrecia:

No te preocupes. Podrás bailar
sin tu silla de ruedas si quieres.
Yo llevaré una flor en la solapa
para que me reconozcas.
Espero que vengas.

Tomás

Se miraron unos a otros.

—¡No está mal! —comentó Iria.

—A mí me ha gustado.

—Desde luego, es mejor que el primer poema que escribió —sentenció Jordi.

—Podríamos dejarla así... —sugirió ella—. Lo único, que Lucrecia va a notar que la letra no coincide.

—¡Cópiala de nuevo! —le aconsejó Aitor—. Tenemos el mismo papel que va a juego con el sobre.

A última hora, con las farolas ya encendidas, volvieron a la plaza y culminaron su misión del día.

18
MENTIRAS

NADA MÁS ENTRAR EN CASA, Iria se dirigió corriendo al comedor. Federico la esperaba con un plato de alubias y patatas cocidas.

–¡Cada vez llegas más tarde! –protestó.

–Perdona, abuelo. Nos hemos entretenido...

–Ya veo, ya. ¿Todo bien, chiquita?

–Sí, perfecto –disimuló ella.

–Anda, ve a lavarte las manos.

La niña fue al aseo y aprovechó para devolver a su sitio la llave que había tomado prestada. Ensimismada, regresó a la mesa y se acercó el vaso a los labios. Tras beber un sorbo, se arriesgó a preguntar:

–Abuelo, ¿por qué el alcalde te tiene tanta manía? No es la primera vez que amenaza con despedirte...

–Tal vez tenga razón y debamos marcharnos.

–¿Por qué dices eso?

–Por nada –contestó el hombre, envuelto en sus pensamientos–. Anda, come. ¡Que se enfría!

Aquella noche, Iria se metió en la cama con la mentira en su cabeza. No todo iba perfecto. Se les estaban agotando las ideas. Los compañeros del grupo de terapia de Jordi no iban a escribir a diario, se cansarían enseguida. Ni siquiera ellos mismos podían inventarse cartas todos los días para aumentar la correspondencia.

Necesitaban más ayuda si querían evitar que despidieran a su abuelo. Más gente dispuesta a recibir cartas y a escribirlas. Pero ¿quién?

Entonces recordó a la señora que, esa misma tarde, había entrado en el estanco justo antes que ellos. Era la misteriosa dama del parche en el ojo que residía a las afueras del pueblo. Solía comprar todos los meses una bolsa de tabaco de pipa. Según le contaron en una ocasión, tenía un hijo que se había marchado al extranjero años atrás. Pero lo cierto es que vivía sola y apenas se relacionaba con nadie.

–¿Y el ojo? –le preguntó un día a su abuelo.

–Se rumorea que lo perdió en un combate de esgrima.

La nieta del cartero se durmió pensando en la dama solitaria que parecía salida de otra época.

A las cuatro de la madrugada, se despertó en mitad de un extraño sueño. La mujer combatía con un florete en medio de un campo de violetas mientras un gato enorme la observaba tranquilamente fumando en pipa.

Sin pensárselo dos veces, Iria encendió la lámpara de su mesilla, sacó unas cuartillas y empezó a escribir.

19
LA ESTANQUERA

LA JOVEN ESTANQUERA se quedó mirando a Iria con sus grandes ojos negros. ¿Otra vez en su tienda? ¿Qué se traían entre manos esos tres zascandiles? ¿En qué andarían metidos?

—Buenos días. Quería un paquete de cuartillas, diez sobres y diez sellos, por favor.

—Vaya, ¡últimamente os veo mucho por aquí! —dejó caer, refiriéndose también a sus amigos.

—Sí, bueno... —murmuró la niña sin saber dónde meterse—. Escribimos cartas —se justificó, azorada.

—Eso ya lo veo.

Tampoco había que ser un genio para averiguarlo.

—Pero ¿para qué? —inquirió la vendedora sosteniendo los sobres en una mano.

—No la entiendo.

–¿Por qué escribís tanto ahora? Llevo casi un año sin apenas vender sellos ni cuartillas. ¿Qué mosca os ha picado?

–Nos gusta escribir cartas.

–Ah, ¿sí?

La mujer se acodó sobre el mostrador esperando algún tipo de explicación que la convenciera.

–¿Por qué? –insistió sin darse por vencida.

–Nos permite contar secretos e inventarnos historias –contestó Iria.

–Vaya...

–Y nos hace ilusión recibirlas.

–¡Pues hace la tira de tiempo que nadie me envía una!

–¿Y desearía usted escribir a alguien? No sé... –la animó la niña–, a lo mejor le apetecería pedir disculpas, desahogarse con una amiga, retomar el contacto con alguien...

La estanquera se quedó rumiando la respuesta.

–Lo de desahogarme no me vendría mal.

Luego le tendió los sobres, los sellos y el paquete de cuartillas.

–¿Cuánto es?

–Te lo regalo –dijo la vendedora.

Justo al salir del estanco, Iria echó la carta para la dama del parche en el ojo. Luego se encaminó a la oficina de Correos. Al cabo de un rato, el abuelo y su nieta fueron juntos al buzón y sacaron el sobre.

–¡Qué raro! –exclamó Federico–. Es para doña Elvira de la Concepción. En los últimos diez años, juraría que no ha recibido nunca ninguna carta.

–¿No tenía un hijo en el extranjero?

–Eso dicen... ¡Quién sabe! Esa mujer es un auténtico misterio.

Iria enarcó las cejas en señal de asombro.

–¡Ah! Pues... ¿te importa que se la lleve yo, abuelo?

20
UN ANCIANO
QUE SABÍA DEMASIADO

DE CAMINO a la casa de la misteriosa dama del parche, Iria se encontró con el mismo anciano de la boina negra que les había gruñido la tarde anterior.

–Buenos días –saludó ella como si nada.

–¡Espera! –le gritó él.

La niña se detuvo sorprendida. El hombre le hizo un ademán para que se aproximara.

–¡Sé lo de las cartas! –murmuró con su dentadura postiza–. ¡Os he visto! –añadió, y se llevó el dedo índice al párpado inferior de su ojo derecho, estirándolo durante unos segundos.

Al escuchar aquella amenaza, la nieta del cartero sintió que se le paraba el corazón. ¿Qué quería aquel loco?

–No sé de qué me está hablando, señor –disimuló agobiada.

–De sobra lo sabes –farfulló él, y la agarró por la muñeca para no dejarla escapar–. ¡Quiero una carta!

–¿Perdone?

Con la mano temblorosa, el anciano le tendió un papel arrugado que sacó del bolsillo de su pantalón. Iria lo cogió con recelo.

> *Pancracio Vargas,*
> *calle del Roble n.º 3*

–¿Qué es esto? –preguntó desconcertada.

–Es mi dirección. –Se sonrojó–. Verás, yo... Querría una carta de mi mujer.

La niña hizo una mueca de sorpresa. Estaba segura de que aquel hombre vivía completamente solo.

–Sí, soy viudo –dijo él adivinando el hilo de sus pensamientos–. Pero la echo mucho de menos.

Luego comenzó a rebuscar en su chaqueta y sacó una cartera desgastada.

–Te puedo pagar. ¿Cuánto me costaría?

Iria lo miró conmovida.

–Nada. No le costará nada.

21

LA MAESTRA DE ESGRIMA

DESPUÉS DE SU INESPERADO ENCUENTRO con el anciano de la boina negra, Iria siguió andando hasta llegar a la última casa del pueblo. Era un edificio antiguo, aislado del resto de las viviendas y rodeado por una verja que dejaba entrever una vegetación enmarañada y salvaje. La puerta estaba oxidada y abierta. Y no había ningún buzón.

La nieta del cartero notó cómo su pulso se aceleraba. Las ganas de salir huyendo se mezclaban con la curiosidad. Un chirrido más tarde, traspasó el umbral y entró en la finca. Recorrió un largo sendero hasta el porche y subió los siete escalones de granito con el sobre entre las manos.

–¿Hola? –repitió varias veces.

Nadie le devolvió el saludo.

–¿Hay alguien ahí? –preguntó acercándose a una de las ventanas, y le pareció distinguir una sombra que se movía en el interior.

Iria se puso a temblar. «Lo mejor es largarse, pirarse de aquí inmediatamente», pensó.

Se giró a toda prisa y empezó a descender la escalera.

–¡Eh, tú! –resonó una voz grave a su espalda–. ¿A qué demonios has venido?

La intrusa se quedó petrificada en el tercer escalón y tragó saliva.

–¿Por qué te has colado en mi casa? –tronó la voz.

Iria se dio la vuelta muy despacio y descubrió a la dama del parche apuntándola con uno de sus floretes preferidos. Iba peinada con un moño alto, y llevaba un vestido oscuro entallado y un camafeo en el cuello.

La niña levantó los brazos.

–He... he... he... –tartamudeó nerviosa–. He venido a traerle una carta.

–¿¡Una carta!? –exclamó perpleja la mujer sin dejar de apuntarla con el florete–. ¿Una carta de quién? Me mandan todas las facturas *online*.

–No lo sé, no aparece el remite.

La maestra de esgrima arrugó la frente.

–¡Qué extraño! ¿Está escrita a mano?

Le vencía la intriga.

–Eh... ¡Sí, sí! Está escrita a mano y con bolígrafo azul.

La dueña de la casa observó a la niña con su único ojo, de arriba abajo.

–¿Y cómo es que vienes tú a entregármela? ¿No se supone que hay un cartero en el pueblo?

–Es mi abuelo –se justificó Iria.

–¿Y...?

–Se ha hecho un esguince –improvisó la intrusa.

La dama del parche la miró con recelo.

–¿Estás segura de que la carta es para mí?

–Sí.

–Está bien, pasa –cedió la mujer, y bajó el florete en señal de bienvenida.

A pesar de que no lo supiera, Iria era la primera persona que había entrado en la mansión en los últimos veinte años.

Caminaron por un pasillo donde había decenas de libros apilados guardando increíbles equilibrios. Entraron en un salón adornado con toda suerte de objetos antiguos; entre ellos, un gramófono. La música jazz inundaba la habitación al igual que las enredaderas que escalaban por las estanterías y la luz que entraba por los balcones. En uno de los sillones dormitaba un gato negro. Siguiendo las indicaciones de la anfitriona, se acomodaron en dos butacones junto a una mesa redonda.

22
UNA CARTA IMPOSIBLE

LAS DOS DESCONOCIDAS se miraron cara a cara. La niña le ofreció entonces la carta. La maestra de esgrima negó con la cabeza y se apoyó en el respaldo del butacón.

–Prefiero que la leas tú –dijo muy seria.

–¿Yo?

–Tú.

–Pero es que es privada –se excusó Iria.

La mujer la apuntó de nuevo con el florete.

–Te doy permiso –insistió–. Lee, por favor.

–¿Es por lo de su ojo?

–¿Qué le pasa a mi ojo?

La niña se quedó aturdida.

–No, nada.

La nieta del cartero se aclaró la voz. Abrió el sobre y empezó a leer con voz temblorosa.

Querida madre:

Hace muchos años que no le escribo.
Sin embargo, eso no significa
que la haya olvidado. Al contrario,
todos los días la echo de menos
y pienso en cómo se encontrará,
si seguirá o no con su tabaco de pipa,
si habrá vuelto a la esgrima...
Yo continúo recorriendo países.
Me encanta viajar.
He estado en Argentina, Chile,
Ecuador, Uruguay...

Siento mucho no haber escrito antes.
Algún día acabaré regresando a casa.
Mientras tanto, me alegraría mucho
que supiera de mí.

Cuando Iria acabó de leer, notó la mirada inquisitiva de la dama del parche. Y pensó que, en cualquier momento, la atravesaría con su florete cual brocheta. Después, la metería en un arcón de madera y dejaría allí su cadáver por los siglos de los siglos.

¿Quién sospecharía de ella? ¿Había algún testigo que la hubiera visto entrar en su mansión?

Sería un crimen perfecto. Y todo por una simple carta. ¿Por qué se le había ocurrido semejante idea? ¿Por qué había ido sola?

Sin embargo, en vez de dejarla como un colador, la anfitriona carraspeó y le preguntó:

–¿Me la podrías leer otra vez?

Con tal de no morir, cualquier cosa.

–Por supuesto.

En esta ocasión leyó más tranquila y, en las pausas, miraba a su destinataria.

El único ojo de la mujer parecía brillar con la luz del sol. Y las palabras iban cayendo en el aire por segunda vez.

Iria se imaginaba viajando por países desconocidos. La mujer recordaba a su hijo, un verdadero canalla que había fallecido años atrás.

Al terminar, se creó un silencio entre las dos.

–Hacía tiempo que no tenía noticias de mi hijo –dijo la maestra de esgrima tras un largo suspiro–. La verdad es que esta es la carta más hermosa que me ha escrito nunca.

–Me alegro –se atrevió a responder la niña, levantándose del butacón.

–¿Adónde vas?

–A casa.

–No, no. Tú no te puedes ir hasta que contestemos a mi hijo –añadió entonces la mujer, y señaló el paquete de cuartillas y los sobres que había depositado encima de la mesa.

–¿Contestemos? –repitió Iria, anonadada.

–Claro. Si te parece bien, yo te dicto y tú escribes.

23

EL REGALO DE DOÑA ELVIRA

Querido hijo:

*Tu carta ha sido toda una sorpresa
para mí. Me alegra mucho saber de ti.
Por aquí todo va fenomenal.
Ya solo practico esgrima en casa
y por divertimento.
En el pueblo estoy de maravilla.
Me he integrado perfectamente.
Ando siempre muy ocupada.
Ya sabes que me entretengo
con cualquier tontería.
Espero que me escribas pronto.*

*Cuídate mucho,
Tu madre*

Iria levantó la cabeza.

—Muchas gracias por escribir para mí, querida. ¿Tienes sellos?

–Sí, claro –contestó la niña–. Pero necesito una dirección.

–Por supuesto. Te diré la última que recuerdo.

La invitada copió en el sobre el nombre y los apellidos del destinatario. Y, debajo, anotó la dirección inventada que le dictó la maestra de esgrima.

–¿Cuánto te debo? –le preguntó la mujer, pillándola por sorpresa.

–Nada, señora.

–Abre el primer cajón de ese escritorio. –Señaló un mueble muy hermoso y antiguo–. Ese no, el de la izquierda.

Iria obedeció y miró en el interior. Estaba repleto de sobres delicados.

–Llévate los que quieras. Basta con que me dejes tres o cuatro para cuando vuelva a escribirme mi hijo –le indicó–. Ahora abre el cajón más pequeño, el del centro de la escribanía.

La niña sonrió. Guardaba un montón de sellos dentro.

–Antes solía enviar muchas cartas –comentó la anfitriona arreglándose el moño–. Me encantaban.

–¿Puedo?

–Sí, por supuesto –la animó–. Toma los que necesites.

—Muchas gracias, señora.

—¿Podrías hacerme un último favor? –le preguntó con amabilidad.

La niña movió la cabeza de arriba abajo.

—Mándame esta carta, querida.

La dama del parche miró a la pequeña con intensidad mientras le entregaba el sobre.

–Espero que mi hijo me escriba pronto –dijo muy solemne– y que TÚ –recalcó el pronombre– me vuelvas a traer noticias suyas.

–Las tendrá muy pronto.

–Estoy segura de ello, querida.

–Me llamo Iria.

–Encantada. –Le tendió una mano huesuda y surcada de venas–. Yo soy la condesa de Lucerna y Montemar, doña Elvira de la Concepción.

24
La decisión de la estanquera

Esa misma tarde, recordando las palabras de Iria, la estanquera decidió no perder más tiempo. Hizo una lista de quince nombres y se puso a escribir con determinación.

Querido Heliodoro:

Te agradecería que dejaras de intentar ligar conmigo en el estanco. Además, para que lo sepas, me gustan las mujeres.

Querido Martín:

Te agradecería que dejaras de intentar ligar conmigo en el estanco. Además, para que lo sepas, me gustan las mujeres.

Gastó quince cuartillas con el mismo mensaje y solo cambió el destinatario. Al salir de su tienda, se fue directa al buzón y lanzó en la tripa de metal los quince sobres, uno a uno. Y, mientras los iba escuchando caer, sintió que se había quitado un enorme peso de encima.

25
CONFESIONES

DE VUELTA A CASA, la estanquera les contó a varias vecinas que se había desahogado escribiendo cartas. Al escucharla, todas se quedaron sorprendidas. ¿Escribir una misiva para desfogarse? Ni se les había pasado por la cabeza. Llevaban tanto tiempo sin enviar ninguna... Sin embargo, al ver a la estanquera tan alegre y aliviada, sacaron papel y boli y rescataron algún sobre olvidado en un cajón.

Doña Aurora, una mujer entrada en años, se dirigió a su vecino.

Estimado Marcelino:

No soporto su extraña costumbre de aullar por la ventana las noches de luna llena. Dado que no lo puede evitar, le agradecería mucho que buscara algún lugar apartado en el bosque para aullar tranquilamente sin molestar a todos los vecinos de la calle.

Aurora

Maribel decidió enviar unas líneas a su marido.

Iñaqui:

De sobra sabes que soy muy tímida.
Llevo muchos años intentando decirte
que te huele demasiado el aliento.
Por eso huyo cada vez que vas a darme un beso.
O te compras un enjuague bucal
o pido el divorcio.

Maribel

Doña Rosita reunió todo su valor y le confesó sus sentimientos al pescadero.

Querido Imanol:

Hace tiempo que no hago más
que comprar chipirones y lenguados
para que usted se fije en mí.

Su admiradora secreta

• 26
OLOR A CHAMUSQUINA

AQUEL SÁBADO, la tarde en que la estanquera inició su particular cadena de cartas sin saberlo, tres amigos se reunieron en la fuente de la plaza.

–Tengo algo que contaros y no sé ni cómo empezar –anunció Jordi, y parecía avergonzado.

–¿Qué has hecho? –Iria fue al grano.

–Esta mañana hablé con mis amigos del grupo de terapia por wasap.

–¿Y...? –preguntaron al ver que enmudecía.

–Pues lo típico: que si el plan no era lo bastante potente, que si no íbamos a ninguna parte, que si habíamos perdido casi una semana... Eso no lo dije yo, ¿eh? –aclaró alzando las manos para mostrar su inocencia–. Fue cosa de Pep.

–¿Qué has hecho? –insistió la niña.

–Yo no he sido, que conste –se defendió el de los ácaros.

–Uy, uy, uy... ¡Esto huele a chamusquina! –remató Aitor.

–Le saqué una fotografía a tu abuelo con mi móvil –confesó el chico a toda velocidad.

Iria empalideció.

–¿Una fotografía? –repitió espantada.

–¡Este la ha liado pero bien! –exclamó Aitor.

«Sí, la he liado parda», se dijo Jordi. Y después sacó el teléfono para que sus amigos vieran con sus propios ojos la secuencia de los hechos que habían sucedido aquella mañana.

• 27
Un plan de ******

JORDI
¡Muchas gracias
por las cartas, chicos!

MARC
¿Te gustó mi mandala?

JORDI
Sí. Mola mucho.

MARC
Te puedo enviar otro.

JORDI
Esta vez elijo flores.

PEP
No es por cortar el rollo,
pero vuestro plan
es una mierda.

JORDI
Ya, bueno... No se nos ocurre nada más.

PEP
Una mierda pinchada en un palo.

CARLES
¿Y qué propones, Pep?

PEP
¿Hay algún acontecimiento gordo en tu pueblo?

JORDI
El próximo sábado habrá verbena para celebrar las fiestas.

PEP
¡Perfecto!

MIQUEL
Oye, no olvides devolverme la postal. Es la número 137.

JORDI
Sí, no te preocupes. Mañana te la reenvío.

MIQUEL
Ok.

PEP
Necesito una foto del cartero.

JORDI
¿Qué vas a hacer?

PEP
¿Tú confías en mí?

JORDI
Sí, claro.

PEP
Pues saca esa foto
y mándamela en media hora.

28

El vídeo

29

EL MARRÓN

EL VÍDEO DE PEP en YouTube llegó a su fin frente a la mirada estupefacta de sus dos nuevos espectadores.

–¡Dile a tu amigo que lo elimine ahora mismo! –ordenó Iria encolerizada–. ¡Esto sí que es un delito!

–¡Pero es que yo no sabía lo que iba a hacer con la foto de tu abuelo! –se defendió Jordi.

–¡Menudo follón! –opinó Aitor–. ¡Se nos va a caer el pelo cuando se entere don Federico!

–¡Borradlo, por favor! –suplicó ella.

–Aunque lo quitemos –aclaró Jordi–, el vídeo ya lleva más de cuarenta mil visitas. Y Pep también lo ha subido a sus redes sociales. Si los demás lo han compartido, la cadena resultará imparable...

–¿Cuarenta mil visitas? –saltaron a coro.

Más de cuarenta mil visitas solo en YouTube.

–Lo sé, se nos ha ido un poco de las manos. Pero bueno, con un poco de suerte, nadie va a participar. Y yo llamaré a Pep para que retire el vídeo.

Sus amigos lo miraron con desconfianza.

–¿Y qué hacemos si escriben a mi abuelo? ¿Y si es demasiado tarde?

–Interceptaremos las cartas, no te preocupes –la tranquilizó Aitor.

La niña se mordisqueó el labio.

–¿Y lo del próximo sábado?

–Eso ya va a ser más difícil –reconoció el de los ácaros.

–Pues nada: si viene algún colgado, ¡le escribimos la carta y punto pelota! –propuso Aitor para calmar los ánimos–. Total, solo será una noche.

–Lo siento, chicos... La he fastidiado, ¡lo sé! –se disculpó Jordi–. Yo solo quería ayudar.

–No pasa nada. –Iria respiró hondo–. Lo más importante es que Pep borre el vídeo inmediatamente.

–Voy a llamarlo sin falta.

El del plumero se puso el teléfono a la oreja ante la expectación de los demás.

–Lo tiene apagado –dijo abatido, y comenzó a retorcerse un mechón de pelo.

–Envíale un wasap –sugirió Aitor.

Jordi escribió entonces: «Elimina el vídeo, por favor. Delito grave».

–¿Y ahora qué? –preguntó Iria.

Sus amigos se encogieron de hombros. Mientras se marchaban de la plaza, doña Rosita se acercó furtivamente al buzón y echó una carta para Imanol, el pescadero.

Resonaron varios truenos en la lejanía. Se avecinaba tormenta.

30
FUERA DE CONTROL

ESA NOCHE, a Iria le costó conciliar el sueño. ¡Cuarenta mil visitas! ¡El vídeo del tal Pep había recibido más de cuarenta mil visitas! El plan se había transformado en un verdadero caballo desbocado. Ahora, en internet se llamaban «los escribidores de cartas». ¡Y a saber qué pasaría en la verbena del próximo sábado! Definitivamente, el asunto se les había ido de las manos.

Entonces, sin saber por qué, le vino a la mente el rostro serio y triste del alcalde, sus paseos solitarios y su mirada desafiante. Y se preguntó qué habría pasado para que aquel hombre sintiera semejante rencor hacia su abuelo. ¿Por qué se ensañaba tanto con él?

Antes de dormirse, Iria tomó una decisión: al día siguiente iría a visitar a don Isidoro.

31
EL HIJO

Algunas noches, el alcalde cerraba los ojos
y recordaba a hombres y mujeres
del pueblo
corriendo y gritando.
Los veía, como entonces,
llegar a la puerta de casa,
su casa.
Era una tarde del mes de agosto.
El cartero llevaba al niño en brazos,
su niño.
El río lo había picado
de muerte.

32

LA VISITA A DON ISIDORO

EL DOMINGO, después de desayunar y despedirse del cartero, una niña atravesó varias callejuelas hasta detenerse frente a una casa de estilo señorial. Isidoro Guzmán vivía en ese edificio de piedra con un escudo de armas en la fachada.

Iria tomó aire antes de descargar varios aldabonazos en la puerta. Le sudaban las manos. ¿Cómo reaccionaría? ¿Llegaría siquiera a abrirle? ¿La invitaría a pasar? Se armó de paciencia y esperó. Al ver que no sucedía nada, pegó la oreja contra la puerta. No se escuchaban pisadas. Hizo una mueca de resignación. ¿Y si el alcalde había salido? La niña volvió sobre sus pasos calle abajo. Lo que no sabía era que Isidoro Guzmán la observaba desde una ventana de la planta superior.

A la hora siguiente, Iria volvió a la carga. En esta ocasión, llamó con aire decidido. Esperó unos segundos. La vivienda parecía desierta. Sin embargo, no estaba dispuesta a marcharse tan pronto. Por esa razón, tomó de nuevo entre sus manos el picaporte y lo hizo chocar siete veces seguidas contra el portón.

El alcalde, que la espiaba desde arriba, enarcó las pobladas cejas. ¿Qué querría aquella mocosa? Al ver que todo seguía en silencio, Iria se dedicó a aporrear con más insistencia la puerta. Hasta que el hombre no pudo más, abrió la ventana y gritó:

–¡Ya va, ya va!

Se remangó la camisa mientras bajaba enfurecido por las escaleras. ¡Condenada niña!

–¿Qué quieres? –escupió desde el umbral.

–Vengo a hablar con usted.

La señora Aurora, que caminaba muy despacio, se cruzó con ellos justo en ese momento. Llevaba una carta para su vecino escondida en el bolso.

–Buenos días, señor alcalde.

–Buenos días, doña Aurora –la saludó con una sonrisa forzada.

Ella se quedó mirando a Iria con curiosidad.

–¿Y tú qué haces aquí? –le preguntó sin rodeos.

–He venido a hablar con don Isidoro.

–¡Uy! ¡Qué cría más rica! –exclamó la anciana–. Y usted –se dirigió al alcalde–, qué amable dando audiencia a una niña… ¡Un domingo, además!

El hombre se quedó turbado.

–Entonces, ¿puedo entrar? –preguntó Iria.

–Por supuesto. Pasa, pasa.

Doña Aurora le sonrió abiertamente.

–Es usted todo un caballero.

–Gracias –se sonrojó.

–De nada. Bueno, me voy a terminar unos recados, que se me hace tarde.

El alcalde se despidió de la señora y se giró hacia Iria, que lo esperaba en el zaguán. Durante un rato, la observó en silencio. Desde aquel día en el río, ningún niño había vuelto a pisar su casa.

–Anda, pasa –la invitó a entrar en un enorme salón.

Isidoro Guzmán abrió una caja, eligió un puro, se acomodó en un sillón y examinó a su invitada.

–Vaya… Ahí fuera, cuando golpeabas la puerta, parecías mucho más decidida –se burló.

–No sabía que usted fumara.

–Y no fumo.

–¿Y esos puros? –preguntó ella.

–No hacen más que regalarme cajas y más cajas, así que me dedico a mordisquearlos cuando estoy... –se calló de pronto.

Sí, los mordía cuando estaba nervioso. Y eso era lo último que iba a reconocer delante de Iria: que estaba nervioso.

–¿Qué iba a decir, señor?

–Nada. ¿A qué vienes?

–Quería hablar con usted de mi abuelo.

–Ese es un asunto entre él y yo.

–A mí también me afecta –aseguró la niña–. Si se queda sin trabajo, ¿qué va a ser de nosotros?

Él pegó un gran bocado al puro y lanzó el trozo volando por los aires.

–Ese no es mi problema –replicó sin pensar.

–¿Qué le ha hecho mi abuelo?

Isidoro Guzmán se revolvió inquieto en el sillón.

–Pregúntaselo a él.

–Ya le pregunté, y no me contó nada.

–Será porque es algo personal –dijo muy serio.

–¿Y no le puede perdonar? –preguntó ella.

–¿Perdonar?

El alcalde la miró con tal intensidad que la niña se echó a temblar.

–¡Vete de mi casa, y que no se te ocurra volver! –gritó con voz atronadora.

Iria se levantó espantada y corrió hacia la puerta como si huyera de un ogro sediento de sangre.

33
LOS MAYORES

CON EL CORAZÓN ALBOROTADO, Iria salió corriendo hacia las afueras del pueblo. Dos lagrimones le habían grabado surcos en las mejillas. Sentía miedo y rabia por no haber podido ayudar a su abuelo. El alcalde le parecía un monstruo.

Como no sabía qué hacer, la niña buscó la casa de la condesa solitaria. Entró en la finca a toda velocidad, subió la escalera del porche y llamó a la puerta. Escuchó entonces su propia respiración agitada y se limpió las huellas del llanto con la camiseta.

−¿Traes alguna carta? −preguntó doña Elvira.

−No, no.

−¿Qué ocurre, querida? −se preocupó la mujer, alzándole la barbilla para clavar su único ojo en los de la pequeña.

−¿Puedo pasar?

−Por supuesto.

Se sentaron juntas a la mesa. Olía a tabaco de pipa.

–¿Usted fuma, señora?

–No, qué va.

–Pues huele a tabaco de pipa.

–Sí, pero yo no fumo. Solo lo compro porque me gusta el olor.

–¡Ah!

–Venga, querida, dime: ¿qué te ha pasado?

–He estado en casa del alcalde –dijo Iria.

Doña Elvira se quedó con la boca abierta.

–¿Y te ha dejado entrar?

–Sí.

–Bueno, es que... ¡eres una niña!

–¿Y...?

–Isidoro Guzmán no deja entrar a ningún niño en su casa.

–¿Por qué?

–Le ha podido la amargura.

–¿Qué fue lo que le sucedió? ¿Qué tiene en contra de mi abuelo?

–Deberían decírtelo ellos, querida. Es su historia.

–¡Pero es que ninguno de los dos quiere contármelo!

–Pues escribe una carta –le sugirió la condesa.

–¿Una carta?

–¿Por qué no?

Estaba perdida. ¿Qué narices iba a poner?

–No sé ni por dónde empezar.

La maestra de esgrima dudó un momento.

–Empieza por el cementerio –le aconsejó.

Iria se fijó entonces en doña Elvira. Ya no tenía el pelo como el día anterior, castaño y con grandes mechones blancos. Esa mañana lucía una cabellera pelirroja recogida en una coleta. Y su único ojo era de un color verde intenso.

LOS DOMINGOS, el cementerio abría por las mañanas. Era un camposanto pequeño, rodeado de cipreses y sepulcros de granito. Había una pareja de ancianos sentados en un banco.

Iria empezó a recorrer las tumbas, una a una, sin saber muy bien qué buscaba. Al rato se topó con un gran panteón. «Familia Guzmán», leyó en voz baja. Allí encontró varias lápidas con inscripciones, pero solo le llamó la atención una: la de un niño de apenas seis años. Había muerto mucho tiempo atrás.

35
SIN NOTICIAS DE PEP

EL DOMINGO POR LA TARDE, tres niños se reunieron a las cinco en uno de los soportales de la plaza y se sentaron en un banco de madera.

–¿Sabes algo de tu amigo, el del vídeo? –preguntó Iria.

–No me ha contestado.

–¡Lo que faltaba! –se quejó ella.

–A mí me ha ocurrido algo muy raro esta mañana –dijo de pronto Aitor–. Cuando estaba echando mis cartas al buzón, se me ha acercado una chica y me ha preguntado si yo era uno de los escribidores de cartas.

–¿Y qué le dijiste?

–Nada. Salí corriendo.

–¡Ostras! ¿Cómo se habrá enterado? –preguntó el de los ácaros.

–¿Cómo se habrá enterado? –repitió Iria, enfadada–. ¡Pues ya me contarás tú! Que yo sepa, nadie nos ha llamado «los escribidores de cartas» hasta ahora... Pregúntaselo a Pep.

–¡¡¡No lo localizo!!!

Jordi sonaba realmente desesperado y no paraba de darle vueltas al plumero. Había llamado cuarenta y tres veces a Pep en las últimas horas.

–¿Sabes cuántas visitas lleva el vídeo? –preguntó la niña cruzando los brazos.

–Menos de sesenta mil, creo –dijo el chico tratando de quitarle hierro al asunto.

Su amiga abrió los ojos como platos.

–¿Y a ti qué tal te ha ido, Iria? –le preguntó Aitor para desviar su atención.

–Se me ocurrió ir a ver al alcalde.

–¿Qué dices? –exclamaron horripilados.

Se hizo un prolongado silencio, que Aitor se decidió a romper:

–¿Y hablaste con él?

–Sí –reconoció ella, frustrada–. Pero no ha ayudado mucho, la verdad. Al contrario, creo que ahora don Isidoro se ha puesto todavía más furioso. Algo terrible tuvo que hacerle mi abuelo, porque me dejó claro que no lo iba a perdonar.

–¿Y qué le pasó al alcalde?

–Todavía no lo sé –admitió la niña.

Aunque le daba muy mala espina.

A veces, el alcalde recordaba a su mujer.
El río también la había picado a ella,
de otra manera.
La escuchaba suspirar.
Casi no hablaba y se pasaba
horas
mirando álbumes de fotografías.
Una mañana, sin avisar,
se marchó del pueblo.
Tan solo dejó una nota diciendo que
no
soportaba
tanta
tristeza.

37
LA BOLA DE NIEVE

EL LUNES POR LA MAÑANA, Iria acompañó a su abuelo a la oficina de Correos. Habían llegado las cuatro misivas de los amigos de Jordi.

–Vaya, ¡cuatro cartas para Jordi! –dijo Federico, y sonrió cómplice.

–Estamos moviendo nuestros hilos –confirmó la niña mordiéndose la lengua.

–Ya veo...

En el buzón, por su parte, había veinticuatro sobres: uno para Lucrecia, otro dirigido al hijo de doña Elvira de la Concepción, tres para Aitor, los quince de la estanquera, que no llevaban remitente, tres de las vecinas con las que habló esta última y uno para el anciano de la boina negra.

–¡Menudo aluvión! –se sorprendió el cartero.

Su nieta también se asombró. No contaba con que fueran tantas. Afortunadamente, no había ninguna carta para su abuelo.

–Belinda, Berta y Begoña –leyó este entre risas.

Iria tampoco logró contener una carcajada.

–Ahora le ha dado por la be, ja, ja, ja.

Estaba claro que Aitor no sabía disimular.

–¿Y qué tenemos aquí?

Federico agarró otro sobre y esbozó una sonrisa.

–Vaya, ¡otra carta para Lucrecia! –añadió–. A ver cómo me las apaño hoy para hacer el reparto...

–Esta ya la entrego yo –se adelantó Iria tomando en sus manos la que había escrito ella misma para el anciano viudo.

–No os metáis en ningún berenjenal por ayudarme, ¿eh? –le advirtió.

–No te preocupes. ¡Todo va genial!

¡Y un cuerno! Todo iba de aquella manera. La foto de su abuelo andaba circulando por internet en una petición de ayuda promovida por un *youtuber* al que ni siquiera conocía. Al parecer, ella y sus dos mejores amigos eran ahora «los escribidores de cartas» y tenían que ofrecer sus servicios en la verbena del pueblo. Y, para colmo, el alcalde la odiaba con todas sus fuerzas.

Iria se alejó a la carrera de la plaza esquivando a los encargados de colocar las luces y el escenario para las fiestas. Rezó para que la carta de Tomás no se perdiera y para que la joven Lucrecia cambiara de opinión y se presentase en el baile.

A Pancracio Vargas se lo encontró bastante antes de llegar a su casa. Estaba jugando una partida de dominó con tres amigos.

–¿Hay carta para mí? –la interrogó.

–Sí, ha llegado una –afirmó Iria.

Los demás jugadores lo miraron alucinados. ¿Había recibido una carta? ¿Sería de algún nieto suyo de la ciudad? El anciano la guardó en el bolsillo de su chaqueta.

–Esta niña escribe cartas –les informó, consciente de la expectación que había causado.

–¡Anda! Pues a mí me encantaría mandarle una a mi nieta, pero me tiembla tanto la mano... –comentó uno de ellos.

–Yo tengo la vista fatal. ¡No me apaño ni siquiera con las gafas! –argumentó otro.

–¿Escribirías cartas para nuestros nietos? –preguntó el tercero–. ¡Yo estoy dispuesto a pagarte!

–¡Y nosotros! –dijeron sus compañeros.

–No es necesario –repuso Iria improvisando–. Si les viene bien, mañana me paso por aquí.

Los tres sonrieron con los pocos dientes que les quedaban.

–Pues te esperamos a la misma hora. Tendremos todo preparado.

38
TÉ PARA DOS

Tras despedirse de los jugadores de dominó, Iria buscó la calle del alcalde y se plantó delante de su casa. Según lo esperado, Isidoro Guzmán se encontraba en el ayuntamiento. Era el momento perfecto.

La niña se giró a ambos lados para asegurarse de que no la viera nadie. Después flexionó las piernas para agacharse y, con cuidado, introdujo el sobre por debajo de la puerta.

Eran unas líneas escritas con la máquina de escribir de su abuelo.

Y decían lo siguiente:

ESTIMADO ALCALDE:

ME GUSTARÍA INVITARLO MAÑANA MARTES, A LAS SEIS DE LA TARDE, A TOMAR EL TÉ EN MI CASA.

HAY ALGUNOS ASUNTOS
QUE NECESITARÍA HABLAR
CON USTED EN PRIVADO.

DOÑA ELVIRA DE LA CONCEPCIÓN

39
CIEN MIL VISITAS

LA MAÑANA DEL LUNES, Jordi estaba sentado en la cama de su habitación desplumando el plumero y mordiéndose las uñas cuando le llegó el wasap.

PEP
Ya he quitado el vídeo
de mi canal,
aunque está compartido
por todas partes.
Perdona que haya tardado tanto.
Perdí el móvil en la playa
y no había visto tu mensaje.

JORDI
Ok. Gracias.

PEP
Oye, lo siento.
Pensé que era una idea genial.

JORDI
Lo sé. ☹

PEP
No te cabrees.
A lo mejor no pasa nada.

JORDI
¡Eso espero!

PEP
Pues es una pena.
Habíamos conseguido
cien mil visitas
este fin de semana.
¡Y eso contando solo
con mi canal!

Jordi se quedó blanco. ¡¡¡Cien mil visitas!!! Debía ocultar ese dato a Iria y Aitor. Podría darles un soponcio.

El de los ácaros se despidió de su amigo y se fue a lavar los dientes, como hacía siempre que se notaba histérico. Y, sin lugar a dudas, tenía que comprarse otro plumero.

40

UN ALCALDE EN APUROS

EL LUNES AL MEDIODÍA, cuando don Isidoro llegó a su casa, descubrió un sobre en el suelo de la entrada. No llevaba sello. Lo abrió, desdobló la cuartilla y leyó el mensaje varias veces.

ESTIMADO ALCALDE:

ME GUSTARÍA INVITARLO MAÑANA
MARTES, A LAS SEIS DE LA TARDE,
A TOMAR EL TÉ EN MI CASA.
HAY ALGUNOS ASUNTOS
QUE NECESITARÍA HABLAR
CON USTED EN PRIVADO.

DOÑA ELVIRA DE LA CONCEPCIÓN

Isidoro Guzmán se acarició la perilla. ¿Se trataba de una broma? ¿Tendría esto algo que ver con la nieta del cartero? Negó con la cabeza. Después del último encuentro que habían tenido, seguro que no se le ocurría volver a acercarse a su casa. Entonces, ¿aquella nota escrita a máquina se la había enviado doña Elvira de la Concepción? ¿Y qué quería? Sabía muy poquito sobre aquella mujer. Aunque siempre le había intrigado el parche de su ojo. ¿Lo habría perdido en un combate de esgrima, como decían por ahí? También se rumoreaba que era condesa. Sin embargo, nadie entendía por qué había vuelto al pueblo.

Sin darse cuenta, se pasó la tarde analizando cada una de las palabras de aquel inesperado mensaje.

¿De qué temas querría hablarle doña Elvira? ¿Algún proyecto para el ayuntamiento? ¿Una donación altruista? ¿Por qué en privado? Y luego estaba la otra cuestión importante: Isidoro Guzmán odiaba el té.

El alcalde se fue a la cama pensando en ella, en la solitaria maestra de esgrima y en su misteriosa invitación. Todo le parecía muy raro. No obstante, si finalmente acudía a la cita, debería comprar una caja de pastas. Por educación, no podía presentarse con las manos vacías. ¿Le gustarían más las de chocolate, o preferiría las de almendras? ¿Bandeja grande, mediana o pequeña? Después de darle muchas vueltas, se decantó por un surtido mediano.

41
El estanco

Esa tarde de lunes, la estanquera vendió más sobres y sellos que nunca.

Los tres jugadores de dominó se habían pasado por allí para que a Iria no le costara dinero escribir a sus nietos. El vecino aullador, al que llamaban «el lobo», se presentó poco después. También entraron, de uno en uno, ocho clientes habituales que habían recibido la carta de la estanquera, y pidieron un sobre y un sello cada uno sin atreverse a mirarla a la cara. Por último aparecieron el marido de Maribel, que venía de la farmacia y olía a menta, y el pescadero, un hombre muy vergonzoso pese a ser tan grande como un armario empotrado.

–¡Vaya tarde! No recuerdo tanto ajetreo por aquí en mucho tiempo –le confesó a su último cliente–. ¿Qué está pasando?

Imanol pensó en su admiradora secreta y se puso colorado.

42
Quinientas cartas

El martes por la mañana, después de un rato en la oficina de Correos, el cartero y su nieta se quedaron impresionados con lo que trajo Ramón, el compañero de reparto.

–¿Qué es esto? –le preguntó Federico.

–Un saco entero –aclaró el recién llegado–. Y, por lo que he visto, ¡van a tu nombre!

Iria respiró hondo.

–¿A mi nombre?

–Sí, es muy gracioso –continuó Ramón–. ¡Mirad los sobres!

–Para Fede, el cartero –leyó la niña.

–La mayoría vienen así, y los remitentes proceden de muchos lugares diferentes. ¡Es increíble!

Sí, alucinante. Federico miró a Iria de reojo.

–Yo calculo que habrá más de quinientas cartas... ¡Se te va a romper la muñeca si pretendes contestar a todas!

El cartero gruñó. ¿De dónde había salido toda esa montaña?

–Gracias por traerlas, Ramón.

–De nada, hombre. ¡Para eso estamos! –añadió él, sin intención de moverse–. ¿Es que no vas a abrir ninguna?

–Son privadas –objetó la niña.

Su abuelo la miró mosqueado.

¿Cómo demonios se las habían apañado para conseguir quinientas cartas? ¡Quinientas cartas para él! Al notar cierta tensión en el ambiente, Ramón se largó *ipso facto*.

–¿Qué habéis hecho, Iria? –preguntó Federico.

–¡Tú querías que volvieran las cartas!

–¡Pero no a cualquier precio! ¿De dónde han salido todas estas? –Tomó un sobre al azar–. ¿Por qué me escribe un tal Paul? ¡No lo conozco de nada!

Luego rasgó el sobre, desdobló el folio que venía dentro y leyó en voz alta:

Hola, Federico:

Esta es la primera carta que escribo en mi vida.

Me llamo Paul, tengo nueve años
y soy disléxico.
Espero haberte ayudado.

Un beso muy fuerte,

Paul

El cartero enmudeció.

—Te prometí que volverían, abuelo. Tienes que confiar en mí.

El hombre suspiró y abrazó a su nieta.

43
Relaciones epistolares

Iria se despidió de Federico y su avalancha de cartas. Dejó al cartero apuntando todas las misivas en el libro de registro. Quinientas cartas. ¡Menudo mogollón! ¡Y eso que Pep ya había retirado el vídeo de su canal! ¿Cuántas llegarían al día siguiente? Imposible adivinarlo.

Cumpliendo su promesa, la niña se reunió con los jugadores de dominó y escribió las cartas para sus nietos.

Pancracio Vargas le tendió también un sobre cerrado y con el sello puesto.

–Me encantó la carta de mi mujer –le susurró apartándose de sus compañeros–. ¿Te importaría escribirme una más, por favor?

Iria sonrió. Era incapaz de negarse.

En otro lugar del pueblo, a la misma hora, «el lobo» respondía a doña Aurora con las siguientes líneas:

Querida Aurora:

*No sabía que mi extraña
pero inevitable costumbre
de aullar a la luna ocasionaba
tantos problemas a los vecinos.
Le agradezco el consejo
de buscar un lugar en el bosque
para dar rienda suelta a mis instintos.
Además, lo veo más oportuno.*

*Atentamente,
El lobo*

A última hora de la mañana, doña Rosita se pasó por la pescadería. Pidió «chipiguados» porque estaba muy nerviosa. Imanol, el pescadero, le sonrió preguntándose si habría leído ya su carta.

Estaban a solas. Ella se aclaró la voz y se atrevió a decir:

—Iré a la verbena.

Al escucharla, Imanol empezó a luchar para abrir la bolsa de plástico. Los enormes dedotes le temblaban de la emoción. A doña Rosita se le cayó el monedero al suelo y, al levantarse, se golpeó con la caja de langostinos. Uno de ellos salió volando y aterrizó en su cabeza.

–¿Puedo? –se ofreció el pescadero, y le quitó el crustáceo del pelo.

–¿Cuánto le debo? –balbuceó ella, abochornada.

–Es un regalo –contestó él con sonrisa bobalicona.

44
LA CITA

A LAS SEIS MENOS CINCO DE LA TARDE, con las manos sudorosas, el alcalde contemplaba el surtido de pastas que había comprado en la panadería. ¿Por qué demonios estaba tan nervioso? ¿Acaso le habían tomado el pelo? Se miró en el espejo del vestíbulo para arreglarse la corbata. Llevaba el pelo engominado. Se había guardado la nota escrita a máquina en el bolsillo de la chaqueta. Comprobó que tenía las llaves y su pañuelo, y se acarició la perilla antes de salir.

Tras algunas dudas más, caminó hasta la casa de doña Elvira. De vez en cuando, se giraba con recelo, como si notara que alguien lo estuviera siguiendo. No estaba tan equivocado. Desde un lugar seguro, tres espías lo observaban con unos prismáticos.

–Pero ¿cómo se te ha ocurrido enviarle esa nota al alcalde? –preguntó Jordi.

–Te recuerdo que no eres la persona más indicada para criticarme. Tendrías que haber visto la expresión de mi abuelo cuando le llegaron las quinientas cartas –le echó Iria en cara.

–¡Quinientas! –bromeó Aitor.

–¡Shhh! Está llamando a la puerta...

Isidoro Guzmán permaneció inmóvil en el porche. El corazón le latía con fuerza. Pensó que le habían gastado una broma cruel. Y entonces, de repente, la puerta se abrió con violencia. Allí estaba doña Elvira con su florete. El alcalde ahogó un grito.

–¡Uy, perdón! –se disculpó ella–. Es la costumbre.

–Eh... Traigo unas pastas –soltó el hombre sin saber qué decir.

–¿Unas pastas? –se sorprendió la condesa.

–Sí, para el té.

–Lo siento, yo no bebo té. –En realidad, lo odiaba–. Soy más de café.

–¡Igual que yo! –exclamó él–. Lo que pasa es que como en su nota hablaba de tomar el té, pues yo...

–¡Ah, la nota! –disimuló la mujer haciéndose la distraída–. ¿Me la podría enseñar un momento?

–Sí, claro. La he traído conmigo.

Le tendió el papel doblado. La maestra de esgrima la leyó en silencio.

–¡Perdone, soy muy despistada! –se disculpó doña Elvira devolviéndosela–. Adelante, pase. Así podremos charlar en privado.

–Gracias.

Don Isidoro contempló a la mujer. No recordaba que fuese pelirroja, y juraría que el parche le cubría el ojo contrario...

–Vaya, ¡qué bien huele a tabaco de pipa! ¿Fuma usted?

–No –reconoció ella–. ¿Y usted?

–¡Yo tampoco!

De lo que hablaron durante el café y a lo largo de la tarde, nadie supo nada. Ni siquiera los niños que los vigilaban.

45
Sin noticias de Lucrecia

El miércoles, el cartero recibió dos sacos de cartas. Jordi, Aitor e Iria le ayudaron a registrarlas durante toda la mañana. Por desgracia, no había ninguna de Lucrecia.

Al buzón de la estanquera llegaron ocho disculpas por escrito; las siete que faltaban fueron cayendo a lo largo de la semana. Doña Aurora contestó a su vecino para darle las gracias. ¡Por fin dormirían tranquilos las noches de luna llena!

Pancracio Vargas leyó emocionado el poema de amor que le enviaba su mujer desde la tumba. Maribel escribió una nota apasionada a su marido porque, desde que utilizaba el enjuague bucal, su vida había cambiado. El pescadero se animó a copiar unos versos del poeta Pedro Salinas para doña Rosita. Aitor recibió tres misivas de Facunda, Federica y Felicidad. Y el alcalde, cuando se hizo de noche, se acercó al buzón y echó dos cartas anónimas.

46
LA RAYUELA

Esa noche, el alcalde soñó
que jugaba
con su hijo
a la rayuela,
pintada con tiza,
en la plaza del pueblo.

47
Secretos compartidos

El compañero de reparto entró pletórico en la oficina de Correos. Era jueves por la mañana.

–¡Tres sacos, Federico! –gritó enloquecido–. ¡Nunca había traído tantas cartas a un pueblo tan pequeño! ¿Qué has hecho? ¡Dímelo, por favor! ¿Acaso has puesto un anuncio buscando pareja?

El cartero miró a Iria con cara de interrogación.

–¡Qué cosas tienes, Ramón! –bromeó atusándose el bigote.

–Bueno. En cualquier caso, ahora te toca registrarlas... ¡Ánimo! –dijo este antes de despedirse.

–¿Me harías el favor de abrir tú hoy el buzón? –le preguntó a su nieta–. Estoy un poco desbordado...

Iria tomó la llave y salió de la oficina. En el buzón se encontró un montón de cartas imprevistas. Una de ellas iba dirigida a doña Elvira de la Concepción. Y también había otra... para ella.

«¿Para mí?», se sorprendió extrañada. ¿Quién le escribiría? Era un anónimo. Solo decía: «Gracias».

La niña observó el sobre y la caligrafía. Los comparó con los demás. Únicamente coincidían con la carta para la maestra de esgrima. Luego devolvió la llave a su sitio y le prometió a su abuelo que se encargaría de repartir el correo por el pueblo. Pero, antes de eso, habló por teléfono con sus amigos para que lo ayudaran en la oficina.

Ambos resoplaron. ¡¡¡Mil quinientas cartas!!! El tal Pep tenía seguidores hasta en Australia.

Para comenzar, Iria acudió a la mansión de doña Elvira. Llamó a la puerta y, al poco, la condesa apareció en el umbral. Esta vez llevaba el florete colgado de la cintura.

–Vengo a traerle una carta –anunció la niña.

–¿De mi hijo?

–Creo que no –se aventuró a decir la mensajera.

La dama del parche arqueó su única ceja.

–Es anónima y tiene una letra diferente a la de su hijo –comentó Iria.

Doña Elvira rasgó el sobre allí mismo. ¿De quién sería? Leyó en silencio.

Estimada doña Elvira:

Me encantó tomar el café con usted.
Me gustaría invitarla a mi casa
este viernes a la misma hora.
Confío en que pueda venir.

Isidoro Guzmán

–Vaya, ¡qué sorpresa! –exclamó la maestra de esgrima–. ¡Casi tan grande como la del martes por la tarde! –añadió con intención.

Iria esquivó su mirada.

–¿Quieres pasar, querida? –la animó a entrar.

–Solo puedo quedarme un ratito. Tengo que repartir varias cartas.

–Sí, ya me han comentado que estos últimos días llegan sacos repletos a la oficina de Correos.

–¿Quién se lo ha dicho? –preguntó sorprendida.

–Tengo mis fuentes de información, querida. Toma asiento, por favor.

Las dos se miraron, cara a cara, con los codos apoyados sobre la mesa.

–Así que las cartas han regresado al pueblo –reflexionó la condesa en voz alta–. ¡Qué curioso! Y yo que pensaba que iban a desaparecer...

–Mi abuelo tampoco tenía muchas esperanzas. Decía que se estaban muriendo –apuntó Iria.

La niña contempló a su anfitriona con curiosidad.

–¿Es verdad que fue usted maestra de esgrima?

–Por supuesto, querida.

–¿Y perdió el ojo en un combate? –soltó a bocajarro.

La mujer sonrió misteriosa.

–Ese es mi secreto. ¿Acaso tienes tú alguno que no le hayas contado a nadie?

Iria se quedó callada y se mordió el labio inferior.

–No hace falta que me lo cuentes si no quie...

–Mis padres no han muerto –la interrumpió su invitada–. No podían cuidar de mí, así que mi abuelo se ofreció a acogerme en su casa. Como me daba vergüenza que la gente pensara que me habían abandonado, me inventé que era huérfana.

La maestra de esgrima observó a la pequeña durante unos instantes. A continuación, alzó muy despacio el parche que cubría su ojo. De fondo sonaba la música de una radio antigua. Iria se quedó con la boca abierta.

–Pero...

—Las cosas no son siempre lo que parecen, ¿verdad?

—¿Y por qué lleva el parche? —preguntó la niña.

—Solo me lo pongo para salir o si tengo alguna visita. Me divierte que la gente invente historias sobre mí. Hay por ahí una muy buena: cuentan que lo perdí en un duelo con un bandido, que el ojo salió volando y que se lo comió una vaca. Ja, ja, ja. ¿Qué te parece?

—Que le favorecen más los dos ojos y que guardaré su secreto.

—Yo también, querida. Bien —dijo doña Elvira para cambiar de tema—, debo mandar una carta muy urgente. ¿Podrías enviarla tú?

—Claro.

La condesa se dirigió a su escritorio y tomó papel, un sobre y un sello. Por último, escogió una pluma estilográfica y empezó a escribir.

Estimado Isidoro:

Será un placer visitarlo
el viernes por la tarde
a la misma hora.
Llevaré unas pastas.

Doña Elvira

48
AITOR

Esa mañana del jueves, mientras Iria compartía secretos con la condesa, Aitor abrió el diccionario al azar. Salió la letra uve doble.

El chico lanzó un suspiro. Volvió a abrirlo y cerrarlo unas cuantas veces más hasta que salió la letra I. Y se dijo que había sido cosa del destino. Iria.

Sacó tres sobres de su mesa de estudio y sus correspondientes sellos. Cogió un bolígrafo y se puso a mordisquear el capuchón. «Querida Iria», «Estimada Iria», «Hola, Iria». No sabía ni cómo empezar. Después de media hora, y sabiendo que Federico le estaba esperando con los tres sacos de cartas, tomó un papel y escribió a lo loco:

Querida Iria:

Me gustas.

Aitor

Para no complicarse demasiado, copió el mismo texto en las tres cartas. Y, a fin de darle un toque romántico, las roció con el perfume que le habían regalado por su cumpleaños.

49

JORDI Y SUS LAMENTOS

EL JUEVES POR LA TARDE, los tres amigos se pasaron muchas horas en la oficina de Correos. Con tal aluvión de trabajo, el cartero no había tenido tiempo de leer ninguna misiva excepto la de Paul. Entre las mil seiscientas veinticuatro cartas que registraron aquella tarde, no había ninguna de Lucrecia. Y faltaban solamente dos días para la verbena.

JORDI
¡Estoy muerto!

CARLES
¿Qué te pasa?

MARC
¿No te gustó
mi mandala?

JORDI
Han llegado dos mil
y pico cartas en dos días.

MIQUEL
¡Pues fenomenal!

JORDI
¿Tú sabes lo que significa registrar a mano ese porrón?

PEP
¿Pero tú no querías que hubiera cartas?

JORDI
Ya, pero tantas...

PEP
¡Me tienes hasta la bola! ¿Sabes lo que significa para mí retirar un vídeo de mi canal?

JORDI
No, la verdad.

PEP
Para un youtuber es lo peor. ¡Una humillación total!

JORDI
Perdona.

PEP
¿Sabes lo que te digo? Que como te vuelvas a quejar, ¡lo subo otra vez! ☹

50
CAFÉ Y PASTAS

EL VIERNES POR LA TARDE, doña Elvira se presentó en la casa del alcalde a las seis en punto. Pancracio Vargas la vio llamar a su puerta desde la esquina de la calle, y no daba crédito. ¡Una mujer en casa del alcalde! ¡Era un notición! Porque Isidoro Guzmán no había tenido ninguna invitada desde que su esposa lo abandonó... «Unos meses después de que el niño se ahogara», recordó el anciano de la boina negra. Y hacía muchos años de eso.

–Buenas tardes, doña Elvira.

–Buenas tardes, don Isidoro.

Se sonrieron. Ella no llevaba el parche. Y él no dijo nada al respecto.

De lo que hablaron durante más de una hora, nadie llegó a saber ni una palabra.

Ese mismo día, antes del atardecer, el alcalde dio un paseo hasta el río y depositó allí unas flores.

FEDERICO

Desde lo que pasó
en el río,
el cartero había pensado en mil formas
de pedir disculpas.
Todas le parecían inútiles.
¿Cómo devolver la vida
de un hijo a un padre?
Y el cartero se maldecía
por esa tarde,
por haberlo llevado a bañarse,
por haberse despistado con otros niños,
por dejar que uno de ellos se ahogara
en el río.

PAQUETE POSTAL

EL SÁBADO POR LA MAÑANA, Ramón trajo en su furgoneta otros dos sacos de cartas tan rebosantes como un bol hasta arriba de palomitas.

—¡Madre mía, Federico! —resopló dejándolos caer al suelo—. Como no te echen una mano, ¡esta noche no llegas a la verbena!

—¡Menos mal que dispongo de ayudantes! —exclamó el cartero, de buen humor—. ¿Verdad, chicos?

A su lado estaban Iria, Aitor y Jordi. Los tres con pinta de profesionales.

—¡Pues ahí os lo dejo! —se despidió Ramón—. ¡Todo vuestro!

Apenas habían empezado con la tarea cuando la puerta de la oficina se abrió de par en par. El alcalde se quedó parado en el umbral.

—Pase, don Isidoro, por favor —lo invitó Federico—. Chicos, ¿podéis salir un momento y traerme lo que haya en el buzón? —les pidió a los niños con el objetivo de quedarse a solas con el recién llegado.

Los tres amigos salieron corriendo.

—Veo que tienes faena...

El cartero miró al alcalde.

—No me importa el empleo, señor —se sinceró de pronto, porque sentía una losa sobre el pecho cada vez que se encontraba con él—. Lo siento mucho —se le quebró la voz—. De verdad.

Isidoro Guzmán mantuvo el temple.

—Vengo a enviar un paquete postal para su nieta —afirmó, y colocó una caja sobre el mostrador.

Ocultando su asombro, Federico escribió el nombre de Iria y la dirección de su casa sobre la tapa.

El alcalde insistió en pagar.

—Muchas gracias —se despidió inclinándose levemente antes de abandonar la oficina.

—Gracias a usted, don Isidoro.

El cartero se ajustó la gorra. Y sonrió.

• 53
TRES ANÓNIMOS

TAL Y COMO LES HABÍA PEDIDO SU ABUELO, Iria se encargó de abrir el buzón, ante la firme oposición de Aitor, que parecía empecinado en que se apartaran del correo.

–¡Ya lo reparto yo! –repetía el chico una y otra vez, completamente eléctrico.

–Pero ¿se puede saber qué narices te pasa? –inquirió Jordi, que llevaba plumero nuevo en mano.

Buscando entre los sobres, la niña descubrió varias cartas para ella.

–¡Tengo tres anónimos! –exclamó entusiasmada alzando su trofeo.

–¡Por favor, no los abras ahora! –le rogó Aitor.

Allí había tomate. El de los ácaros apretó los labios y se hizo el loco.

Antes de regresar a casa, a la hora de comer, Iria leyó las cartas de Aitor y sonrió divertida.

54
La verbena

Las luces de la verbena ya estaban encendidas y los micrófonos preparados. Esa noche había luna llena.

A las diez menos cuarto, tal y como establecía la programación, el alcalde leyó su pregón. A pesar de que hablaba de la localidad, de los festejos y de las obras para mejorar el adoquinado de algunas calles, muchos de sus vecinos pensaban en la maestra de esgrima. Pancracio Vargas le había contado el cotilleo a sus compañeros de dominó, y la noticia se propagó como la pólvora por todo el pueblo.

Ya había llegado el primer autobús de forasteros preguntando por «los escribidores de cartas».

—¡No podemos huir de nuestra responsabilidad! —les recordó Jordi, que venía preparado con varios bolígrafos y un paquete de folios.

—¡¿Nuestra?! —exclamó Aitor—. ¡Tú nos has metido en este *fregao*!

—Pero tiene razón —aseguró Iria—. No podemos dejar colgada a esa gente.

–¿Y qué hacemos? –preguntó el de los ácaros.

–Pedirle una mesa y varias sillas al dueño del bar de la plaza, que es tu primo –apuntó ella.

–De acuerdo –se animaron los otros dos.

Entretanto, el pobre Tomás andaba con la flor en la solapa y cara de pena. Lucrecia no le había escrito.

El pescadero, en cambio, lucía una sonrisa de oreja a oreja. A su lado, tomando a Imanol del brazo, estaba doña Rosita hecha un manojo de nervios. La estanquera se paseaba tranquila sin tener que espantar a ningún moscón. El cartero charlaba animadamente con dos antiguos amigos que siempre lo visitaban en fiestas. Y en uno de los soportales de la plaza, tres niños esperaban sentados tras un escritorio improvisado.

–¿Sois los escribidores de cartas? –les preguntó un señor, y ellos asintieron.

–¿En qué puedo ayudarle? –se adelantó Iria.

–Necesito una carta de disculpa para mi hermano. Llevamos doce años sin hablarnos.

–¿Cómo se llama su hermano?

–Inocencio.

–¿Y usted?

–Melquiades.

Iria escribió lo siguiente: «He sido un bobo. Espero que me perdones». Luego, le dio la hoja al señor y le pidió que la metiera en el sobre.

–¿No puedo leerla? –preguntó Melquiades.

–No –dijo ella, rotunda–. ¡El siguiente!

Iban por la tercera canción de la orquesta cuando llegó Lucrecia. Su hermano empujaba la silla de ruedas. Y la joven, tal y como se lamentaba en su única carta, llevaba unas gafas terribles. El hijo del carnicero se acercó a ella con timidez.

–Hola, soy Tomás –se presentó.

–Al final decidí venir.

–¿Quieres bailar? –le preguntó él.

–Pues ya me dirás cómo –le contestó.

El muchacho la tomó por la cintura y la levantó de la silla. Ella se sorprendió al ver que sus zapatos no rozaban el suelo. Le gustó la sensación de estar de pie. Con la euforia de verla entre sus brazos, Tomás se puso a girar como un loco al compás de la música. En una de las vueltas, mientras se reían a carcajadas, las gafas de Lucrecia salieron por los aires y se estrellaron contra un puesto de algodón dulce.

–¡Ojalá se hayan roto! –confesó la chica, aunque no veía ni torta–. Tenía ganas de ponerme lentillas...

–Tus ojos son preciosos –aseguró Tomás.

La joven tanteó su cara y le estampó un beso. Todo estaba borroso. Pero era feliz.

55

Aullidos de madrugada

La maestra de esgrima también se dejó caer en la verbena del pueblo. Llevaba su parche en el ojo y la cabellera pelirroja resbalándole por la espalda. Su vestido color burdeos llamó la atención de todos los presentes. En un momento dado, se acercó a Iria.

–¿Necesitáis ayuda? –se ofreció la condesa.

–Sí, claro. Nos vendría fenomenal –aceptó la niña.

–Dame un bolígrafo, querida.

Isidoro Guzmán hablaba con unos y con otros. Pero se le iban los ojos detrás de aquella mujer que escribía cartas junto a unos niños.

A las tres de la madrugada, aún seguían con su tarea.

A esa misma hora, en un claro del bosque, el vecino conocido como «el lobo» daba rienda suelta a su extraña costumbre. Tres aullidos más tarde, notó que algo se movía tras un matorral.

–¿Quién anda ahí? –preguntó bravucón.

–Soy yo, doña Aurora.

–Pero ¿qué hace aquí, señora?

–Siempre he querido saber qué se siente –reveló la anciana, sonrojada.

–¿Quiere aullar conmigo? –le propuso Marcelino.

–Me encantaría –respondió ella.

CUANDO LLEGÓ A SU CASA, casi a las cinco de la
madrugada, Iria distinguió un paquete gigante
encima de la cama. Lo enviaba el alcalde. Su abuelo
no le había dicho ni una palabra.

La niña se echó a temblar. Y abrió la caja. Dentro, para su sorpresa, halló una pluma, un tintero,
sellos, cuartillas hechas a mano, sobres y una barra de cera para lacrarlos. Además, había una nota:

ERES LA PERSONA
MÁS CABEZOTA
QUE HE CONOCIDO.

TE CUENTO QUE KIKE IBÁÑEZ...

... ha pasado casi todos los veranos de su infancia en Cué-llar, un pueblo con río, castillo, cuestas infinitas y un sin-fín de antiguas historias. Al igual que Jordi, es maniático con la limpieza y se pasa el día girando pomos y esquivando las líneas del suelo. Antes solía escribir cartas de amor, con dibujos en forma de poemas o cuentos. Ahora ya solo manda postales cuando está de viaje, pero si hubiera visto el vídeo de Pep, seguro que iría a la verbena de Noaberri y le pediría a los escribidores una carta para su abuelo (pues sospecha que es un fantasma con asuntos pendientes). Y, de paso, se tomaría un café con la maestra de esgrima y le diría lo mucho que le recuerda a Nadine, de *Twin Peaks*, una de sus series preferidas.

Kike Ibáñez nació en San Sebastián, una ciudad con mar donde lo normal es que llueva. Estudió Artes Gráficas, Diseño Gráfico e Ilustración en Madrid. Desde 2008 diseña y dibuja desde su casa para editores, empresarios, periodistas, actores, músicos, amigos, niñas, niños, señoras y señores. En 2016 recibió el Premio Lazarillo en la categoría de Álbum Ilustrado. Además de todo eso, le gusta aprender, se mueve en bicicleta y riega las plantas.

TE CUENTO QUE BEATRIZ OSÉS...

... parece la maestra de esgrima cuando da clase de Lengua y Literatura, pero basta con que sus alumnos la conozcan un poquito para que les cuente todos los secretos que guarda bajo el parche. Entre ellos, que le encanta charlar con su padre sobre las historias que escribe, escuchar las canciones que compone su pareja y bailar con su hija al son de *Cantando bajo la lluvia*. ¡Y eso que de primeras resulta tan seria como el alcalde! Aunque, claro, las cosas no son siempre lo que parecen. Si Beatriz se encontrara con los escribidores de esta novela, le pediría a Iria una carta imposible de su amiga Luisa. Y quizá, algún día, ella misma busque papel y boli para escribirle de vuelta...

Beatriz Osés nació en Madrid en 1972. Aunque estudió Periodismo, por azar o por suerte, acabó dedicándose a la enseñanza, algo que disfruta casi tanto como la escritura. Entre el público juvenil es conocida por la saga policiaca de Erik Vogler, pero también ha publicado poemarios como *El secreto del oso hormiguero*, Premio Ciudad de Orihuela 2008, y novelas como *Soy una nuez*, Premio Edebé Infantil 2018, o *Los escribidores de cartas*, Premio El Barco de Vapor 2019.

Si te ha gustado este libro, visita

LITERATURA**SM**•COM

Allí encontrarás:

- Un montón de libros.
- Juegos, descargables y vídeos.
- Concursos, sorteos y propuestas de eventos.

¡Y mucho más!

Para padres y profesores

- Noticias de actualidad, redes sociales y suscripción al boletín.
- Propuestas de animación a la lectura.
- Fichas de recursos didácticos y actividades.